밤 10시 30분

푸른시선 1

황금찬 시집

밤 10시 30분

푸른사상

책머리에

선 시집은 시인의 마음을 한데 모아 보는 시집이다.

장미꽃밭에도 더 곱고 더 아름답게 보이고 더 크게 보이는 꽃이 있다. 그렇게 느껴지는 꽃을 한데 모으듯이 그런 작품을 골라 시집을 묶는 것이 선 시집이다.

내게 이런 기회를 주선하고 또 책을 만들어 주신 몇 분에게 감사하는 마음을 묶어드립니다.

2001년 1월

후백 황 금 찬

차례

4

② 가을 편지

5

③ 꽃 한 송이 드리리다

1 꿈꾸는 나비

밤 10시 30분

문을 닫을 시각이다.
나는 쟁반 위에 담겨져 있는 사과를
식욕이라는 둘레 밖에서
생각해 본다.

내가 혼자 남았듯
한 마리 금붕어가 어항 구석진 곳에
누가 공정시킨 듯 서 있다.

내 둘째 딸년 같은
찻집 소녀가
의자에 앉아 다리를 쉰다.

네 이름이 무어냐 — '미애래요'
나이는 얼마구 — '열네 살'
고향을 물으면 대답이 없고
고되냐고 하면 머리를 숙인다.

조락하는 창변
도시의 밤
10시 30분

아직도 좀 남은 시간에
금붕어는 내일이 없다. 그것이 다행한 일이다.
나는 이 생각이 다하면
일어서 갈 것이다.

바느질하는 손

자정이 넘은 시각에도 아내는
바느질을 하고 있다.
장난과 트집으로 때묻은 어린놈이
아내의 무릎 옆에서 잠자고 있다.

손마디가 굵은 아내의 손은
얼음처럼 차다.
한평생 살면서 위로를 모르는 내가
오늘 따라 면경을 본다.

겹실을 꿴 긴 바늘이 아내의 손끝에선
사랑이 되고
때꾸러기의 뚫어진 바지구멍을
아내는 그 사랑으로 메우고 있다.
아내의 사랑으로 어린놈은 크고
어린놈이 자라면 아내는 늙는다.

내일도 날인데 그만 자지,
아내는 대답 대신
쓸쓸히 웃는다.

밤이 깊어 갈수록 촉광이 밝고
촉광이 밝을수록
아내의 눈가에 잔주름이
더 많아진다.

문(門)

기울어지는 시각
싸늘한 거리에 비가 내린다.

운명처럼 마련된 내 생존의 길 앞에
모든 문들은 잠기어 있다.

이제는 어쩔 수 없는
이 절박한 지대에서
나는 몸부림을 치며 문을 두드린다.

그러나 문은 열리지 않고
가슴에 박히는 수없는 상처
이것은 너무 심한 장난 같다.

사람은 평생을 두고
열리지 않는 문 앞에서
문(門)을 두드리다 가는 것인가 보다.

흘린 피는 '갈꽃'으로 피고
필 '갈꽃' 바람에 울다 그나마 지고 나면

조용히 남는 보랏빛 허공
천 대를 두고 다시 만 년을
이 문 앞에서 비를 맞으며
울다 간 사람들—

나도 여기 서서 울고 있다.

5월의 창

5월은 푸르러 가는 내 창 앞에 와서
한 밤을 말이 없다가
새벽이 되면 정다운 음성으로
나를 부르는 것이다.

비가 오는 언덕에는
어느 바레트의 채색처럼
풍경화를 수놓고 있는데
그것을 이 창 안에서 바라보기란
마음의 부담으로 하여
시계가 흐르다.

5월은 누가 간 달이냐
다시 누가 올 달이라더냐
아카시아 꽃이 비를 맞으며
서 있는 것은 내 창으로 봐
액자 속의 그림 같다.

5월의 창은 언제나
미술전시회장의 입구처럼

기대가 크고,
무도회의 권유를 연주하고 있다.

5월의 내 창을 통해 보면
고호의 그림폭이 나열되고
스테파노가 부르는 무정한 사람이 들리고,
때로는 가부리엘라 뚜치의 소프라노가 감돌기도 한다.

5월의 창은 참 말이 없다.
그리고 그 낮은 음성으로 해서
다정한 풍경화와
조용한 음률을 생각하는
내 하나의 유산이다.

보내놓고

봄비 속에
너를 보낸다.

쑥 순도 파아라니
비에 젖고

목매기 송아지가
울며 오는데

멀리 돌아간 산구빗길
못 올 길처럼 슬픔이 일고

산비
구름 속에 조으는 밤

길처럼 애달픈
꿈이 있었다.

묘지

하얀 손가락 사이로
샛파란 속잎이
솟는다.

햇살이
조으름처럼 쏟아져
등이 간지럽다.

하늘과
바다가
눈에 든다.

호수는 한 마리
치장한
물새

나는 온종일
앉아 있었다.

경주를 지나면서

저녁 노을 피는
하늘가엔
먼 사연이 잠이 들고

들국화
산길엔
목동만 내린다.

첨성대 안압지
돌아가는
나그네 봇짐에 어스름이 실리고

어디를 갔느냐
아득히 불러도
서라벌 천 년 배 떠난 나루!

고사古寺

등불을
끄고 앉으면
열 사흘 달이
창 앞에 와 머문다

고사 추녀 끝에
녹슨 풍경이
밤을 새워 울고

메밀꽃처럼
훤한 물소리는
천 년을 귓가에
나꿔 오는데

9층 석탑 위에
구름이 가듯
달빛 저쪽으로
신 끄는 소리.

5월의 나무

5월은 저 푸른색으로 찬란하게 단장을 하고
식장으로 나가는 신부처럼 6월을 향하여 걸어오고 있다.

누가 신록을 5월이라 했느냐.
한 마리 산새가 날아간 자리에
그만한 부피로 구름이 쌓이고
물소리가 흘러간 귓가에도
5월의 흔적이 수놓여 있다.

5월이 오면 자라 가는 그 생명의 파도 속에서
어제를 잃고 서 있는 이 병든 나무를 바라볼 때
지금이 5월이기에 처량함이 이리도 큰 것일까?

약동하는 생명의 5월은 태양이러니
그러나 5월에도 잎이 없는 나무는
아! 차라리 10월보다 외롭구나.

본래 5월을 모르는 가련한 나무는 없었다.
세월이 마련한 고독이란 열매가
연륜과 함께 가지에 안개처럼 감겨 올 때
나무는 5월의 대열에서 추방되어

5월에 섰으면서도 5월을 저리도 멀리하고 있다.
5월은 영롱한 종소리를 울리며 오지만
병든 나무에겐 성모의 손끝 같은 구원도 없구나.
언제부터 나도 이 병든 나무의 대열 속에 섰는지 모른
다.

하루 해가 질 무렵이면 가벼운 주머니로 주막을 찾아
한 잔의 탁수水로 목을 축이고
허청허청 돌아가는 대열 속에 나도 서 있다.

귀향선

거북처럼
남태평양을 헤치며
귀향선이 온다.

고향이 가까워질수록
신정을 뿌리고 온 월남의 밀림은
자꾸 동화가 되어
긴 날개를 펴고 날고 있다.

가슴으로 기다리는 사람들은
보이지도 않는 갈매기를 바다 위에 날려
뱃길을 재촉한다.

서로 앉으면 지옥 같은 이야기도
그저 고향 이야기인 듯 웃음으로 하고
전우의 시체 업고 밀림을 나오던 일은
이야기 대신 표정으로 한다.

그러나 고생담 한 마디도 갖지 않고
돌아와 누운 동작동 묘지 앞엔

여동생이 꽂아놓은 패랭이꽃 한 줌이
아무렇지도 않은 듯이 바람에 흔들리고

귀향선이 닿던 날 아침에
아들의 무덤 앞에 앉은
늙은 어머니의 눈물은
먼 월남 밀림 속에
비처럼 내리고 있다.

꿈꾸는 나비

찢어진 두 날개를
하늘로 접고
씀바귀꽃에 앉아 있다.

로우터리의 시간은
하오 3시 반
늦가을 바람은
나뭇잎을
유혹하고 있다.

나비는 지나간 젊은 날을 꿈꾼다.
감격했던 장면이 보이면
지금을 잊고
공중으로 솟아오른다.

그러나
하늘에 눈이 시리고 숨이 차서
도로 그 자리에 내려앉고 만다.

꿈은 꽃밭으로 이어가지만

오늘의 나비는
갈 곳이 없다.

내일을 믿지 않는 나비는
길게 한숨을 쉬어 본다.

아침 커피

탁자 위에 커피 한 잔
나의 온갖 정성이
한 마리의 나비로
날아오르고 있다.

비어 가는 커피 잔에
담기는 공허
그것은 다음 순간을
점치게 하는 하나의 신앙

눈언저리에서
날고 있던 나비는
물기 어린 날개를 접고
빈 커피 잔 속에 발을 모은다.

내일이 있을까.
나의 절실은
순간 위에 피는 꽃이다.

삶의 시간은

순간일 뿐
영원이 아니다.

한 잔의 아침 커피
그 빈 잔 속에 담기는
나비 한 마리.

날개

하루의 일과가 끝나면
한정된 시간 밖에서
나는 자유다.

발걸음은 꽃을 밟고
가로수 잎이
보석같이 빛난다.
비둘기 두어 마리
공해의 먼 하늘을 난다.
내겐 날개가 없다.

날개가 없어
하늘이 멀다.
발에 모이는 전체의 중량

퇴근길에 버스를 탄다
버스도 요즘엔
세태사람을 닮았다.

흔들리며 석간을 편다

눈에 오는 것은
글자보다 강한 졸음

의식이 없는 순간에
나의 영원이 머문다.

빈 교실

아이들이 가고 난
빈 교실
그 빈 교실을
돌아본다.

파도로 밀려가고
밀려오던
정열과 지혜
한 마리 나비가 되어
공간을 날고

벽에 걸린 달력
마지막 장이
불을 켜고 있다.

아이들이 남긴 체온
한없는 곡선이
직선으로 풀리듯
풀리어 간다.

책상을 만져 본다.
싸늘하게 식어 있다.
교실 문을 닫고 돌아서도
나비는 공간을 날고 있다.

3월

1·4 후퇴에서 돌아오니
삼월이 와서
고향을 지키며
우리를 기다리고 있었다.

마을 하늘엔
전쟁 먼지가 구름이 되어
태양을 물들이고 있었다.

묻고 갔던 세간살이
이빠진 질그릇 몇 개만 남았고
할머니 손때 묻은
장농이며 미닫이
잿더미에 타다 남은
나무조각이 되어 있었다.

조상 때부터 가보로 내려오는
누가 친 묵화던가
눈 속에 핀
매화 한 그루

그 족자도 벽에 없다.
포성에 무너진 흙담 옆에
아무 것도 빼앗긴 것 없는
매화 한 그루
삼월을 받아 꽃피어 있다.

모든 것을 잊고 하늘을 가진
들새 몇 마리
매화꽃 가지에 앉아
노래하고 있다.

풀씨 한 알로도
삶을 꽃피우는
하늘 같은 새여
네 앞에선 작은 존재다.

곡마단

곡마단에서 부는 나팔 소리는
옛날이나 지금이 다르지 않다.
트롬본으로 느슨하게 부는
목포의 눈물

몇십 년을 더 살았어도
그 나팔 소리를 못 잊어
며칠 전 곡마단 구경을 갔다.

가련한 소녀가 그네를 타고
불 속으로 말이 뛰며
난장이는 발끝으로 통을 굴린다.
변한 것이라고는 하나도 없다.
옛날엔 그리도 재미 있던 것이
지금은 시시해서
구경온 것을 후회하고
도중에 나와 버렸다.

곡마단 나팔 소리만 나면
맨발로 뛰어오곤 했지만

입장료 오전이 없어
큰 뱀이 춤추는 그림만 보고
서운해서 돌아가던 시절이 있었다.

요즘은 비록 낙엽 같은 지폐지만
그래도 백원짜리 몇 장씩
지갑 속에 들어 있어
제법 어른 구실을 하고 있다.

성자, 그것은 잃어 가는 소년을 되찾은
사람의 명사名詞
나는 어떻게 하면 곡마단에서
재주 넘는 소녀를 보고도
황홀할 수 있을까.

파문

호수에
무심히 던진 돌멩이
끝없는 파문이 인다.

가슴에
돌을 던지지 말라.
괴로움을 어찌하리.

미운 것도 돌멩이요
고운 것도 돌멩이다.

세상은
파문
파문 속에 산다.

2 가을 편지

돌아오지 않는 마음

이웃이
봄볕 같이
마음의 담을 헐었다.

꽃잎을 실에 매어
지연같이 날렸더니
구름 위에 솟은
마을 성머리에 걸려
돌이 되고 말았다.

십 년
다시 백 년에
돌아오지 못하는
꽃잎의 전설.

문을 열어놓고
한나절
새 한 마리 날아오지 않는
빈 뜰.

돌아오지 않는
마음자리에
미움의 나무에
열매가 연다.

고독한 정오

호박 넝쿨이
스레트 지붕 위에서
손들이 마르고 있다.

바람 한 점 없다.
검둥이 놈도
오동나무 그늘에서
낮잠을 잔다.

주렴을 걷고
순수이성비판을 읽다 덮어 놓고
다시 시경을 편다.
그러나 글자가 눈에 멀다.

낡은 시계가
녹슨 음향으로
오후 한 시를 친다.

풀벌레를 찾던
참새 두어 놈

잠시 꿈길을 더듬어
풀잎에 숨고.

정오를 나는 나비가
날개의 중량을
못 가누고 있다.

만년필

만년필은
내 세 손가락 새에서
정들어 간다.

책상 위에 놓았던
만년필을 잡으면
싸늘한 촉감을 뒤로하며
이어 체온에 동화된다.

사람은 하느님의
영광을 전하려고 있고
만년필은
내 의사 전달을 위해 있다.

지금 나는
만년필을 잡고 있다.
무엇을 세상에 남길까
하느님의 영광을.
내가 잡은 만년필이
말을 듣지 않는다.

흰 종이 위에
만년필이 그리는 것은
나의 행동이다.

바다와 소년

소년은 바닷가에 앉아서
아침 해가 떠오르기를 기다리고 있다.

할아버지도
그 할아버지도
그리고 또 그 할아버지도
모두 바닷가에서 나서
바닷가에서 자라
바닷가에 묻히었다.

지금 아버지도 바닷가에 묻힐 것을
소년은 생각해 본다.

수평선에서 어린 해가 솟아오른다.
해는 소년을 보고 웃는다.
소년은 일어섰다.

가슴을 열고 팔을 벌린다.
바다와 아침 해가 한꺼번에 와 안긴다.

해가 뜨면
해와 같이 바다에서
뛰놀 것을 생각해 본다.
바다가 운동장처럼
정다와진다.

결국 남는 것은
바다와 해와 소년뿐이다.
소년은 어느새
한 마리의 물새가 된다.
바다 위를 날고 있다.

꽃집

꽃집에는
계절을 잃은 꽃들이
참 많다.

나는 생각하다가
붉은 카네이션 몇 대를 샀다.

병 문안엔 국화보다
카네이션이 좋다고 했다.

꽃집을 나섰다.
밖에는 눈이 내리고 있다.

나는 계절을 잃은 꽃을 들고
눈길을 걸어간다.

병상 옆에
꽃병을 놓고
카네이션을 꽂아놓았다.

이제 곧 나을 겁니다.
카네이션의 향기는 약이랍니다.

돌아오는 길에
그 꽃집을 들여다보았다.

어느 환자를 기다리는지
꽃집에는 아직도
카네이션이 많이 꽂혀 있었다.

비닐 우산

퇴근길에
비가 내린다.
오십원짜리
비닐 우산을 산다.

비닐 우산을 펴고
빗속을 간다.
그 둘레 밑에 오는 안도는
오십원보다 크다.

비닐 우산은 반원이 두 자
그것으로 하늘을 막고 서면
그 순간의 나의 소유는
그것이 전부다.

옛날에도
비닐 우산이 있었다면
저 아리스토텔레스도
비닐 우산을 펴고
빗속을 갔으리라.

바람이 불면
비닐 우산이 뒤집혀진다.
그래도 아깝지 않다.

내가 나를
오십원짜리 비닐 우산 같이
그렇게 생각할 수 없을까.

아무 데다 팽개쳐도
아까울 것도 없고
애착도 가지 않는
오십원짜리
비닐 우산 같이.

고속버스 안의 나비

고속버스 안에
나비 한 마리가
날고 있다.

휴게소에서
문을 열어놓았을 때
날아들어온 나빈가 보다.
버스는 창을 닫고
시속 120킬로의
고속으로 달리기 시작한다.

장다리밭에서 날고 있는가 하지만
지금 나비는 가속에 실려
부산으로 가는 것이다.

나는 언제부터
시간이라는 이름의 버스를 타고
가속으로
종점을 향해 가고 있는 것일까.

버스의 창이 열리면
꽃밭이 있겠지만
나의 종점에는 무엇이 있을까
나비와 같이 가고 있다.

5월의 노래

모란이 피었다기에
내 추억을 찾아
고궁에 왔건만
꽃은 이미 간 곳이 없고
빈 가지에
눈 먼 옛날이 잠들어 있다.

꿈 속의 고향을
벗하고 앉으면
정든 가람가에
저녁 노을이 눈을 뜬다.

아름드리 포플러가
5월 하늘의 구름을 쓸고
마을의 전설은
언제나 고깃배처럼
강에 흘러갔다.

이광수의 「유정」이며
셰익스피어의 「햄릿」

입센의 「인형의 집」
그리고 톨스토이의 「부활」을 읽던
5월이 왔었지.

보랏빛 흰 색으로
장다리가 피고
호수에 구름이 내리듯
나비가 떼지어 날았다.

추억은 생각 속의 보석
이제 작약이 꽃피어 난다.
녹음 위에 5월이 머물러 있다.
5월이 가도 추억은
긴 노래 속에 남아 있으리라.

가을 꽃

구름이 모였던 산에
가을 꽃들이
시새워 피어 있다.

나는 그 꽃들을 만져 본다.
그 꽃들을 만지던 손에선
꽃보다 높은 가을의 향기
그것은 성자의 말씀과도 같다.

가을 꽃 밑에서
풀벌레들이
가슴을 앓고 있다.

꼬리도 없는 바람은
물들어 가는 나뭇잎을
건너뛰고 있다.

가을의 산꽃들이 몇 가지나 될까
하루에 벗한 꽃은
일곱 가진데

들국화, 칡꽃
억새꽃, 싸리꽃
패랭이꽃, 도라지꽃
마타리꽃

바닷가엔
여름의 발자국이
지금 바람에
지워지고 있겠지.

가을 꽃이 피어 있는 산엔
한 오리 구름이
가을 꽃에
물들어 가도 있다.

간이역

지금 이 간이역에
머무르고 있는
완행열차의 출발 시각이
임박해 오고 있다.

출발 시각을 앞에 두고
언제부턴가
화차가 조금씩
흔들리기 시작한다.
이 간이역에 머물렀던
열차들은
한결같이 어제의 구름이 되고 말았다.

지금 차가 떠나고 나면
모든 것들은
또 그렇게 구름이나
강물로 흘러가고 만다.
갈매기의
긴 날개가
하늘 가득히

펄럭이고 있다.
어느 역을 향해
지금 기차는
또 출발하는 것이다.
그 역의 이름을
누가 알고 있을까?

제비의 노래

이제 어디쯤 날아왔을까
이땅의 희망의 박씨를 물고
제비가

지금은 3월
너를 부르는 기폭들이
구름이 되는데
수로 삼만 리
남태평양 바다 위에 뱃길이 있을까.

여기는 흥부가 사는 땅
가난한 지붕 위의 하늘은 고와도
팔월을 기다리는 마음은
한결같이 목이 마른다.

제비야 날아오라. 그리하여
이 가난한 마음에 박꽃을 피우라.
마음이 멀지 않아 만 리 밖 구름끝이
눈앞에 어린다.

너 보았느냐
멀어 가는 인정들
그 소녀도 웃음 없이 떠나간 언덕
꽃가지로 문질러 보아도
가슴만 안타깝다.

오늘도 사람들이
자꾸 산으로 산으로 오르는 것은
박씨를 물고 날아올
너를 기다려서다.

삼월에
제비야, 박씨를 물고
가난한 흥부의 집으로 날아오라.

한복

한복 한 벌 했다.
내 평생 두루마기를
입어 본 기억이 없었으니
이것이 처음인 것 같다.

암산·상마·학촌·현촌·난곡·청암
모두 한복을 입는데
나만 한복이 없다고 했더니
병처가 큰맘 써 한 벌 했다.

78년 정월 첫날 아침
새 옷을 입고 뜰에 서니
백운대와 도봉이
내려다보고 웃고 있다.

어디든 가서
세배를 드리고 싶다.

우이동 계곡으로
발을 옮긴다.

아직도 우리들의 맥박 속에
살아 있는 선열들
일석·의암·해공·유석
무덤 앞에 섰다가
다시 걸음을 옮긴다.

4·19묘소
비문에 새겨진
꽃같은 나이들을 읽어 본다.
구름이 날린다.
구름에 새 옷깃이 날린다.

이 나이에 비로소
한 겨레 안에 서는
그런 느낌이 든다.

가을 편지

편지를 읽는다.
G 선상의 아리아
바이올린 솔로

이제 다시
너를 부를 수 없구나.

네가 나를 부르던 창 앞에
코스모스가 피어올랐다.

7월은 견우와 직녀만을 위해
있는 것은 아니더구나.
세종로 황혼 가로수 낙엽

아내는 거울 앞에서
눈가에 잡힌 주름살을 손끝으로
문지르고
나래가 찢어진 나비가 바위에 앉아
저만큼 멀어져 가는
여름의 뒷모습을 보고 있다.

가을인데
너의 귀삼아
소라의 껍질을
입에 대어 본다.

한국의 산맥

태백 산맥을 바라보다가
다시 소백 산맥을 바라보다가
나는 문득 그 산맥들의 강물
그 흐름 속에 있는 것을 깨닫는다.

서울 백운대에 올라
여기는 광주 산맥임을 알고
까마아득한 날에
이곳에 짐을 풀고 앉은
우리들의 조상의 한 사람
그분을 생각한다.

차령 산맥을 좌로 끼고
저 경기의 평야를 간다.
꿀 같은 물이 흘러
집마다 샘이 솟고
사랑이 지붕 위에서 여물어 간다.

노령의 산맥은
저 호남의 평야를 이루고

지금도 우리의 대를 이어
천 년을 다시 만 년, 그리고
억 년을 살아가는 것.

지금 한국의 인맥은
어디로 뻗고 있는가
오대양과 육대주
그 어느 곳이고 우리들의
인맥이 뻗어간다.

대륙이며 섬, 바다와 하늘
한국의 지혜와 의지는
홍수처럼 뻗어간다.

후손들이여!
내일 다시 세계의 지도를 펴보라
거기엔 오늘의 조상들이
세계의 산맥처럼
힘차게 힘차게 뻗어갔다는
그 의지와 지혜를 알게 될 것이다.

우산 없이 비를 맞는다

아침나절은
산에서 보내고
돌아오는 길에
비를 만났다.

차라리 우산이 없어 좋다.
쏟아지는 빗줄기를
전신으로 받으며
산길을 걷기란
수영복을 입고
바닷속을 걷는 것 같아 좋다.

우산도 문화권의 유산이었다.
헌데, 오늘의 우산은
비를 막는 데 쓰는 것이 아닐세.
골라 가며 허위만을 가려 주고 있다네.

툭 털고 나서면
모두가 하나 같은데
무엇으로 가려놓고

비밀이 그리도 많은가.
우리 따져 보세.
옷을 벗고 나면
자네와 내가 다를 것이 뭔가.

심장이야 누군들 없으면
숨쉬는 허파 없는 사람도 있다던가.

오늘 하루
우산 없이 비를 맞으며
산을 내려오는 것이
이리도 마음 편할까.
천만 부끄럽지 않으이.

아기와 어머니

어머니는 아가의 사랑의 성입니다.
아가는 어머니의 사랑의 보석
아가는 성에 안기어서 자라고
어머니는 아가를 기르면서
늙어 갑니다.

아가가 웃으면 꽃이 피고
나비가 날아오르며
새가 노래합니다.
그리고 어머니의 마음은 하늘처럼
맑아집니다.

아기가 울면
맑은 하늘에는 구름이 몰려오고
바람이 불고
비가 내리기 시작합니다.

아가야!
사랑의 성에 안기어서
나무같이 자라 가거라.

이것은 어머니의 기도입니다.
아가는 귀가 작아서
어머니의 기도를 못 듣습니다.
그러나 천사가 듣고
아가의 귀에 전해줍니다.

아가가 어머니의 사랑의 기도를
천사로부터 전해들었을 때
어머니는 이미 아가의 곁에서
사랑의 기도를 드리고 있지 않았읍니다.

어머니는 아가에겐 화를 내지 않습니다.
그리고 사랑도, 눈물도, 땀도, 생명까지도
아가를 위하여 내어놓습니다.
그저 아가가 장미꽃처럼 피어나기를
바라고 있습니다.

아가야!
너는 지금 어머니의 사랑의 성에
안기어서 자라 가고 있다.

네가 드릴 기도는 어머니의 가슴 안에서
병 없이 꽃처럼 피고
나무같이 자라게 하여 달라고
그렇게 기도 드려라.
그것이 어머니께 드리는
하늘 같은 효도이니라.

잔인한 고독

언제부턴가 내게 와서
벗이 되었다.
입이 없다.
한번 오면 갈 줄을 모르고
끝장을 기다리고 있다.

내가 외출이라도 하면
책갈피 속에나
서랍 안에 도사리고 앉아 있다가
어느새 나와 내 어깨 위에
손을 얹고 선다.

키는 신통히도
나와 꼭 같다.
눈을 감으면
그는 반대로 눈을 뜨고
나를 보고 있다.

새벽 다섯시 오분 전
꼭 그 시각에 잠을 깨우고

싸늘한 만년필 뚜껑에 앉아
시계의 초침 소리를
듣고 있다.

③ 꽃 한 송이 드리리다

퇴근 길에서

퇴근 길에서 만난 사람은
바다를 건너온 바람
그런 바람의 모습을 하고 있었다.

말이 없고
약간은 간간한 그런 소금기
바다 냄새가 가늘게 가늘게
풍겨오고 있었다.

잠시 쉴 자리를 권하고
그 빈 옆자리에 앉아
지금 막 산을 내려온
나뭇잎, 풀잎,
천년 바위들의 대화를
전설의 표주박에 담아본다.

기울어진 물통에서
쏟아지는 시간이
자정의 계곡을 향하여 흐르고
모든 날개들은
언제부턴가 마멸되어 가고 있었다.

이런 때 내게는
날개가 솟아야 한다.
두 팔을 가볍게 들어올려
은빛 눈부신 비늘
그런 조각으로 생긴 날개
금속성이 아니라고 피곤하지 않아라.

홍수에 떠다니던 노아의 배는
어느 산에 멎을까
그리고 누가 부는 피리에
방주의 문이 열릴꼬
살이 살아나는 풀이며
뼈가 살아나는 나무와
피를 다시 돌아가게 하는 물은
어디에 있는가

돌아가야 할 고향은
정오에 잠든 자연인가
문명의 강물인가?
석양 길에 섰다.

새를 위하여

새는 대학에서 철학개론을
배운 일이 없지만
어느 철인도 터득하지 못한 이치를
능히 말하고 있다.

사랑의 윤리며
기상학도 들은 일이 없지만
풀씨를 물고 와선
사랑의 칼로 나누며
바람이 불고 비오는 날을
미리 알고 있다.

새는 가장 이상적인 악기다.
그러나 내가 소리내고 싶은 대로
소리를 내주지 않고
항상 개성에 의하여 연주한다.

새는 죽어도
영혼이 지옥이나 하늘로 가지 않고
꽃으로 다시 피어날 뿐이다.

새는 자기를 겨누는
총부리 앞에서도
그를 미워하지 않고
노래하고 있다.

죽음을
무서워하지 않는 까닭은
다시 꽃으로
살아날 수 있기 때문이다.

사람은
새를 쏠 수 있는 것으로 하여
지구의 주인이 되었다.
그러나 풀잎으로 영혼이
다시 피지는 못한다.

나의 여로

어머니의 말씀에
나는 나기도 전에
여로의 기차를 타고
여행을 떠났다고……

지금은 방향도 기억나지 않는
어느 지점
터널을 지나고 있을 때
그 기차 속에서 어머니는
나를 낳았다고 했다.

지금 내게 비치고 있는 것은
태양이 아니다.
희미한 전등이다.
이 터널을 지나가야
빛의 대낮이 온다는데
이 운명의 터널은 언제 끝날까.

간혹 우뢰 소리를 들으며
햇볕을 보기도 했지만
그것은 완전한 태양이 아니었다.

터널이 산과 산을 잇는
어느 계곡을 지날 때
홀연히 차창을 찾아드는
순간의 햇볕
그런 햇볕에 지나지 않았다.

지금이 되도록
나는 태양을 소유하지 못하였다.
그것의 사랑과 그의 열매를
아직도 모르고 있다.

참으로 내 생애에
그날을 ─
어쩌면 여로에서
끝나고 말지 않을까.

신이여!
나의 절대한 신이여!
내게, 내게, 내게,
눈분신 아침을
내리라.
신이여!

나는 무슨 악기일까

존재하는 것은
울고 있는 악기다.

바람에 노송이
울고 있다.

뻐꾹새가 여름을 타면
화답하는 산

학이 날면
공명하는 허공

에밀레종은
신라 아가의 천년의 울음

흐르는 물
돌들의 노래도 물을 따라간다.

너의 울음 소리는
불꽃이며 얼음이다.

내가 켜는 악기는
어떤 음색으로 울고 있을까,

그것을 알고 싶어
시를 쓰는 것이다.

가을 갈매기

동해 낙산사 그 앞바다에서
날고 있던 갈매기는
노란 민들레꽃을
바다 위에 뿌리고 있었다.

부산 태종대 그 앞바다에서
날고 있던 갈매기들은
하늘색 수영복을 입고
울리는 가야금 소리에
춤을 추고 있었다.

오늘은 여기
여수 앞바다.

잠자는 수면
가을 비가 내리고
빗속에 섬들이 잠기고……

나그네 행색도
촉촉이 젖는

하오를 기우는 시각에
갈매기가 날고 있다.

가을 빗속의 갈매기는
늙어가고 있는 어느 시인의
뒷모습 같기도 하고
그의 음성같이 투명하지 않다.

꽃 한 송이 드리리다

꽃 한 송이 드리리다.
복된 당신의 가정
평화의 축복이 내리는
밝은 마음 그 자리 위에
눈이 내려 쌓이듯 그렇게―.

꽃 한 송이 드리리다.
지금까지 누구도
피워본 일이 없고
또한 가져본 일도 없고
맑은 향기 색깔 고운

조용히
아무도 모르게
마음의 문을 밀고
계절이 놓고 가는 선물처럼

잎이 살고
줄기가 살아나며
죽어가는 뿌리,
그리고 기후도 살게 하는

신기한 꽃
그 한 송이를
우리들이 살아가는 것이여.

어린 행복 위에
성장한 정신 위에
가난한 금고 안에
땀 흘리는 운영 위에
꽃이여, 피어나라.

임술년
새날 아침부터
이 해가 다하는 끝날까지
피기만 하고
언제나 지는 날이 없는 꽃

이 세상에서 가장 아름답고
향기 또한 높아
하늘의 천사들도 부러워하는
그 꽃 한 송이를
축원의 선물로
드리렵니다.

꽃잎 무덤

바람에 휘날려 떨어진
꽃잎들을
손바닥으로 받들어
한곳에 모아놓고
흙으로 묻었다.

사랑의 별 무덤처럼
조그만 무덤이 하나
뜰 앞에 이루어졌다.

그 무덤 앞에
돌을 깎아 하얗게 깔고
묘비를 세운다.

검은 글씨로
이곳엔 꽃잎들이
잠들어 있는 집(이라고 썼다.)

아침 또 저녁으로
그 비문을 읽는다.

그런데, 저녁 때면 언제나
같은 글자를 읽을 수가 없다.
글자 위에 덮이는
검은 달빛—.

엄마가 죽으면

수동아!
엄마가 죽으면 어느 곳으로 가는지
알고 있느냐.
수동아?

수동이는 엄마가 죽어서 가는 곳을
모르고 있었습니다.

엄마, 엄마가 죽으면 어디로 가?
수동이는 엄마에게 물었습니다.

엄마가 죽으면 산으로 간다.
저렇게 푸른 산으로 간단다.

산에 가서 뭘해 엄마
수동이는 물었습니다.

뻐꾹새가 되지
수동이가 보고 싶을 땐
언제나 우는

뻐꾹새가 되지
수동아.

그럼 나도 뻐꾹새가 될래
엄마따라
엄마는 큰 뻐꾹새
나는 작은 뻐꾹새

뻐꾹, 뻐꾹,
엄마는 뻐꾹새처럼
울어보았습니다.

바다는 잠자고

바다는 잠자고
하늘은
눈 떴는데

사랑할 거야
손가락에
하이얀 무지개

꽃잎은 눈 뜨고
바람은
잠자는데

미워할 거야
사랑에도
눈 뜨지 않는 사람아

꽃잎을 따먹을까
물 소리는 끝나지 않고
별들은 잠자지 않는데.

보내지 않을 거야
가을 벌레소리
은하수 열린 길
미워 할 거야
사랑하지 않고―.

언덕 위에 작은 집

언덕 위에 작은 집
그 집에
나그네가 된다.

방문을 열고
들어서는 친구는
달이다.

그리고 바람이다.
옷을 풀어헤치고
자유로운 친구

20세기는
호수 속으로
잠들어 가고

별들이 찾으면
언덕 위에 작은 집엔
아침이 온다.

어느날
이 집의 주인이 될 때
누가 찾아 줄까
침몰하는 20세기.

아침 산길

이 길을
나는
오랫동안 잊고 있었구나

오늘 아침
고향길에 오르듯
호젓하게 걸어본다

지난 겨울
추위에 부대끼다
끝내 눈 뜨지 못한 고사목들을
길에서 만나도 슬프지 않다

이끼 짙은 바위 아래
언제 피어났는지
풀딸기꽃이 몇송이
노랗게 피어 있었다.

피아노

그대가
오고 있다
황홀한 발소리
채색된 유리창으로
비상하는
이별.

난

"난이
하도 고요하여
한 촉 보냅니다."

이름도
밝히지 않은
어느 여인의 편지

구름에
물어야 하리

등불을 끄고
가득한
겨울 파도소리.

바람아

바람아
바람아 불지 말라
꽃나무 가지에 걸어놓은
우리들의 구름의 집이
흔들리겠다
바람아.

갈매기

갈매기가 운다
날면서도
내려 앉아서도
바다엔 눈이 내리고

하루를 울면서 산다
갈매기야.

내가 사는 곳

이 한마디 말을

천년을 두고
대답하리라

사랑한다고.

크리스마스 카드

비엔나에서
보내 준
크리스마스 카드

추운 나라에서
기쁜소식 드립니다

따뜻한
사연
두 줄

가로등에
눈이 내리고

외투깃을 세운
북치는 아이가
서 있는 그림

순록의
썰매를 타고

눈나라의
아기예수가
눈길을 달려오고

종각 위의
가난한 종소리를
소년이 듣고.

4 환상의 편지

포도 밭에서

포도 밭에서
포도를 따지 말자
계절이 말 없이
죽어가고 있다

나 다시는
오지 않으리
강가에 머물렀던 슬픈 그림자
허공 어느 끝에도
보이지 않는다

나의 삶은
포도 밭에서 열렸고
포도가 익어가던
이야기를 사랑하였다
날아간 새는
오늘도 돌아오지 않는다.

연가

파도소리
파도소리
밤 바다 파도소리

새벽 창 앞에
구름으로 싸이는 은은한 음성

돌아오려나
천 년을 뒤척이는
파도소리

회색 층계를 오르면서도
다시 또 한번 듣고 싶은
파도소리.

북극의 겨울 꽃

찾아가야 한다
북극바다에 핀 겨울 꽃으로
찾아가야 한다

소슬한 모래 위에
그 꽃은 아직도 피어 있으리라

바다의 숨결같은 돌과
조개 껍질을 주워
바람이 불어도 지워지지 않게
그대의 이름을
새겨 놓았네

성 페테르 부르크
네바강이 흐르고
낯선 발틱 해협
밤보다 낮이 더 길었던
기억 속에서
겨울 꽃이라고
불러야 하리라

가을
동해 밤 바다에서
나는 불러 보았네
북극 바다에 눈이 내리면
집시의 합창도 눈에 묻히고

외로운 그대의 이름은
날개 없는 물새가 되어
어느 포구를
꿈꾸고 있으리라.

환상의 편지

구름은
편지를 읽고 있다

나는 나비부인의 영창
어떤 개인 날이나
쟈니스 키키의
오, 사랑하는 아버지여를
듣듯이
환상의 편지를 듣는다

새벽 바다의 기침소리
환상의 편지
꽃잎에 모이는
맑은 이슬
소리 없이 별이지고

병든 나뭇잎이
흔들린다

마로니에 밤거리

바람소리
잠들어 있는
환상의 편지

어디에서 왔는가
구름이 읽고 있는
환상의 편지는

이 저녁엔
그가 읽고 있다
긴 고백

눈 뜨지 않는
환상의
편지.

눈 오는 밤

눈이 내린다
싸늘한 호흡
천사의
체온이
그리운 시간이다.

꽃을 안고

사랑한다고
말해 주려나
장미가 피듯이
그렇게 말해 주려나
여인아

한 남성이
8월 산의 나리꽃 같은 여인을
사랑했다고
어찌 바람이 불며
맑은 하늘에 천둥이야 울리겠는가

그대 안고 있는
사랑의 꽃다발
그 수정탑 위에 맺힌
이슬을 보는가

우리들 사랑의 숨결이
오고 갈만한 거리 안에
미움과 시기와

형벌도 없다
물길을 걸어오는가
꽃잎 같은 쪽배 위에
사랑의 깃발도 날리는가.

행복

밤이 깊도록
벗 할 책이 있고
한 잔의 차를
마실 수 있으면 됐지
그 외에 또 무엇을
바라겠는가

하지만 친구여
시를 이야기 할 수 있는
연인은 있어야 하겠네

마음이 꽃으로 피는
맑은 물소리

승부에 집착하지 말게나
3욕이 지나치면
벗을 울린다네.

바람아

바람아
장화 홍련전의
계모 허씨같이 생긴 바람아
불려거든 일년에
백 오십일만 불어라
바람아

내 어린 날
동저고리
토지 끝에서 불던 네가
일년 삼백 육십 오일을
하루도 쉬지않고
육십 팔년째나 부는구나

나를 어쩌자고
이렇게 목마르게
불기만 하느냐
바람아

구름없는

신라의 언덕에 서서
잠자는 산맥들을
바라보고 싶다

바람아
네가 오지않는 곳이라면
돌관 속이라도
숨고 싶다

하루의 사랑과
순간의 행복도 물어가고
돌려주지 않는 바람아

나를
어쩌러느냐
바람아.

종로에서 만난 가을

가을을 찾아
종로로 간다

여기는 설악산 대청봉도 아니고
백운대 인수봉 근처도 아니다
종로 2가 3·1빌딩 부근
골목길이다

옛날의 가을은
산 단풍잎에서부터 시작했지만
요즘의 가을은
도시에서 시작된다

가을 신으로 경쾌하게
도시를 걷고 있다
계곡으로 흐르는
가을 물소리

이 도시 길 언덕에
들국화가 피어 있네

가을 피리소리
구름이 가고 있네

이 가을은 산을 버리고
도시를 먼저 찾아오고 있었다.

가을 연인

가을 벌레가 울고 있는가
내 사랑했던 여름의 연인은
서울 종로 마로니에 공원
식어가는 거리 위에
짙은 웃음소리만 남겨 놓고
지금 어디쯤
가고 있을까

가면 돌아오지 않는다
86년의 여름도
지줄대던 빗소리도
내 연인처럼
돌아오지 않는다

여름 연인의
빈 커피잔
교차로 위에 계절의 꽃잎지듯
싸늘한 우리들의 대화가
담기고 있다.

지중해의 돌

지중해
그 낯설은 바닷가에서
조약돌 한 개를 주어왔지

시와 사랑의 언덕을
손수건만한 슬픔으로 덮으며
이별을 했네

등불마다 꺼진 밤이면
그 조약돌이
이오니아의 바닷소리를
반디불처럼 내고 있었네

소금끼 진한 음성으로
돌아가야 한다
돌아가야 한다
그렇게 울고 있었네.

여름 갈매기

갈매기
갈매기야
하루종일 통소만 불고 있는
여름 갈매기야

구름 무늬의 화문석 한 장을
말아 들고
나는 바다로 간다

집시의 여인처럼
연가만 불고 있는
여름 갈매기
갈매기야

바다 위에 화문석을
풀잎같이 띄우고
앉아 본다

쟈스민의 꽃잎같이
향기로운 머리를

전설처럼 풀어 헤치고
여름 갈매기야

연가만 불고 있구나
갈매기야
여름 갈매기.

뷔엔나의 환상곡

— 지수에게

다뉴브강
그 잔잔한 물결 위에
오늘 우리들이 띄워 보낸
사랑의 대화는
지금 어디쯤
흘러가고 있을까?

뷔엔나 숲속에
"머물러 있을 겝니다"

가스타니에
고운 잎들이
한낮을 속삭이고
우리는 구름보다 진한
커피를 마시며
슈베르트를 이야기했다

말하고 있었다
하늘의 악기로
천사의 노래를

귓가에서 울리고 있었다
장미꽃 한 송이
안개밭에 피고
환상의 마차들이 허무를 독백하며
숲속으로 달리고 있었다

사랑하고 싶다
산성 위에 별빛으로 솟은 사람아
마음의 종을 울려
먼 들녘
돌아오지 않아라
돌아오지 않고
다시 돌아오지 않고―.

장미 두 송이

흑장미
두 송이를 샀었네
비엔나에서

한 송이는
모차르트 그 천재의 손에
들려주었지

또 한 송이는
아직도 미완성 교향곡을
완성시키기 위해 고심하고 있는
슈베르트의 무릎 밑에
놓아주었네

베토벤을 위하여
꽃 준비를 못한 것도
역시 운명인가 부데―.

묻거든 말하라

허물어진 땅
아르메르
그 이름만의 도시를 지나는
길손이
묻거든
말하라

오마이라 산체스
13세의 소녀가
한 오리의 죄도 없이
유언 대신
포도처럼 맑은 눈을
지금도 뜬 채
이곳에 묻혀 있다고

콜롬비아
네바도 델 루이스
해발 오천사백 미터
그 높은 산이
1985년 11월 어느 시간에

구름으로 옮아와
소녀의 무덤이 되었다고

그렇게 말하라
묻거든
길손이여.

빈 화실

그의 화실을
찾아갔었지
혼자서

체온이 식어간
의자 위엔
저녁 바람이 사느롭게
불어가고 있었다

화실 벽엔
그의 작업일지가
눈을 뜬 채 있었네

채 끝내지 못한
그림 한 폭

노을 빛 속에
임자 없이 세워진
첼로
줄 한 개가
끊어져 있었다.

관조와 명상의 세계

—『밤 10시 30분』에 대하여

김 완 하

(시인·한남대 문창과 교수)

황금찬 시인은 독자에게 널리 알려진 원로시인이다. 그는 1918년 강원도 속초에서 출생하여 1947년경부터 시를 쓰기 시작했다. 1951년 강릉에서 시동인지 <청포도>를 발행했으며, 1953년 ≪문예≫에 「경주를 지나며」, 1955년 ≪현대문학≫에 「접동새」 그리고 1956년도 ≪현대문학≫에 시 「여운」이 추천 완료되어 문단에 나왔다. 이후 첫 시집 『현장』으로부터 『오월의 나무』, 『분수와 나비』, 『오후의 한강』 등 20여권 이상의 시집을 냈으며, 시문학상 (1965), 월탄문학상(1973), 대한민국문학상(1980), 한국기독교문학상(1981) 등을 수상하기도 했다.

서정과 감수성이 풍부한, 인생의 깊은 안목이 풍기는 그의 시는 많은 독자들에게 사랑을 받아 왔다. 한 시인이 30년이나 40년을 시인으로 살아오면서 구축한 시 세계에는 그 시인만의 독특한 특성이 나타나기 마련이다. 긴 시

135

간의 사유를 통해 얻은 안목과 세계관이 시에 자연스럽게 스며들기 때문이다. 황금찬의 작품 경향을 보면 1950년대에서 1960년대까지는 주로 인간과 자연과의 교감을 보여주고 있다. 그리고 1970년대에 오면서부터는 인간의 자유에 대하여 관심을 갖기 시작하며, 생활세계에서 다가오는 인간적 애환과 모순, 위선에 찬 현실에 대한 비판과 풍자를 보여 주기에 이른다. 한편 1970년대 후반부터는 기독교 신앙과 인류 사랑을 형상화하기도 하였다. 그의 시는 현란한 언어구사나 실험적 성격과는 거리가 멀고, 일관되게 소박하고도 진솔한 감정과 맑고 투명한 신앙적 고백을 펼쳐왔다고 할 수 있다. 그러면서 그는 낭만적 서정성을 발휘하여 시를 세련되게 만들어 내고 있는 것이다. 그의 시는 사랑과 평화, 자유와 아름다움이 압축된 단순미와 소박미를 통해서 독자들에게 가까이 다가갈 수 있었던 것이다.

이번의 시선집 『밤 10시 30분』은 어느 한 시기에 쓰여진 것이 아니다. 그러기에 하나의 특성으로 집약하여 살피는 데에는 어려움이 따른다. 따라서 시집을 읽은 한 독자의 소박한 입장에서 『밤 10시 30분』에 나타나는 몇 가지 소재를 중심으로 그의 시 세계를 점검해 보고자 한다. 그의 시는 사물이나 대상을 날카롭게 바라보면서 그것들이 환기해 내는 생과의 연관성을 밝히려 한다. 그의 시에는 대상을 관조하고 명상하는 고요함이 깔려 있다. 어둠과 소멸로 드리워진 세계를 향해서 펼치는 생명 사랑의 시선을 잃지 않는다.

『밤 10시 30분』에는 다양한 소재와 이미지가 나타나지만, 그 중에서도 몇 가지 중요한 소재들을 발견할 수 있다. 그것은 '시간'과 '문', '꽃'과 '나비'이다. 그의 시에서 '시간'은 밤 10시 30분처럼 소멸의 시간이 지배적이다. 이 점은 생의 의미를 좀더 깊이 있게 성찰하게 만든다. 그리고 '문'이라는 소재를 통해 단절의 의미를 표현한다. 또한 시에 나타나는 '꽃'은 생명의 절정을 상징하기도 하고, 그와 상반되는 죽음의 의미를 떠올리게도 한다. '나비'는 순수성의 메타포로 작용하고 있으며 현실과의 관계 속에서 얻게 되는 상처가 되기도 한다. 이러한 네 개의 소재들은 어떤 필연성을 전제로 파악해 낸 것이기보다는, 이번 시선집을 읽을 때 가장 인상깊게 다가온 것이라 할 수 있다.

문을 닫을 시각이다.
나는 쟁반 위에 담겨져 있는 사과를
식욕이라는 둘레 밖에서
생각해 본다.

내가 혼자 남았듯
한 마리 금붕어가 어항 구석진 곳에
누가 고정시킨 듯 서 있다.

내 둘째 딸년 같은
찻집 소녀가
의자에 앉아 다리를 쉰다.

네 이름이 무어냐 ―'미애래요'
나이는 얼마구 ―'열네 살'
고향을 물으면 대답이 없고
고되냐고 하면 머리를 숙인다.

조락하는 창변
도시의 밤
10시 30분

아직도 좀 남은 시간에
금붕어는 내일이 없다. 그것이 다행한 일이다.
나는 이 생각이 다하면
일어서 갈 것이다.
                              ─「밤 10시 30분」 전문

　하나의 순간을 정물처럼 그려내고 있는, 시집의 표제작
이기도 한 「밤 10시 30분」은 그 자체로 여러 가지의 시사
성을 띠고 있다. 이 시에 나타난 시간은 밤, 그것도 구체
적으로 10시 30분이다. 이 시간은 세계가 고요 속으로 몸
을 사리고 이제 사람들은 하루를 정리하고 휴식을 취할
시간이기도 하다. 그것은 이 시의 서두를 "문을 닫을 시각
이다"라고 시작한다. 시적 화자는 혼자 남아서 "한 마리
금붕어가 어항 구석진 곳에/ 누가 고정시킨 듯 서 있"는
것을 본다. 그만큼 세계는 시간 속에 고정되어 있다. 그리
고 그곳에는 "내 둘째 딸년 같은/ 찻집 소녀가/ 의자에 앉
아 다리를" 쉬고 있다. 이런 상황들은 시인에게 자신의 시
간을 돌아보게 한다. 그리고 소녀에게 "고향을 물으면 대
답이 없"다는 것은 시인 자신이 긴 시간을 지나오며 고향
을 상실했다는 것을 확인시킨다.
　시인은 그 시간을 "조락하는 창변/ 도시의 밤/ 10시 30
분"이라고 더욱 구체적으로 제시하였다. '조락', '도시',
'밤 10시 30분'이라는 단어들은 소멸의 정조와 맞닿아 있

어 그 의미를 한층 깊게 만든다. 시인은 어쩔 수 없이 집
으로 돌아가야 하는 시점에서 "금붕어는 내일이 없다. 그
것이 다행한 일이다"고 속삭인다. 하루의 끄트머리에 서
있는 시인에게 있어서 내일이라는 시간은 아무런 희망도
기대감도 주질 못하는 것이다. 이런 점으로 볼 때 시간은
그에게 있어 미래와의 단절이며 내일과의 불연속적 관계
를 보여준다고 하겠다.

손마디가 굵은 아내의 손은
얼음처럼 차다.
한평생 살면서 위로를 모르는 내가
오늘 따라 면경을 본다.

겹실을 꿴 긴 바늘이 아내의 손끝에선
사랑이 되고
때꾸러기의 뚫어진 바지구멍을
아내는 그 사랑으로 메우고 있다.
아내의 사랑으로 어린놈은 크고
어린놈이 자라면 아내는 늙는다.

내일도 날인데 그만 자지,
아내는 대답 대신
쓸쓸히 웃는다.

밤이 깊어 갈수록 촉광이 밝고
촉광이 밝을수록
아내의 눈가에 잔주름이
더 많아진다.

— 「바느질하는 손」 부분

위의 시는 가족사를 중심으로 우리의 생을 형상화하고 있다. 자정 넘은 시간 아내의 바느질이 애정 어린 풍경으로 묘사되어 있다. "손마디가 굵은 아내의 손은/ 얼음처럼 차다". 늦은 시간의 풍경 속에서 시인은 "한평생 살면서 위로를 모르는 내가/ 오늘 따라 면경을 본다". 한 가족을 지켜온 아내의 바느질은 사랑이 되어 "어린놈은 크고/ 어린놈이 자라면 아내는 늙는다". "내일도 날인데 그만 자지,/ 아내는 대답 대신/ 쓸쓸히 웃는다"는 이 부분에 지난 시간에 대한 아쉬움과 부부간의 정이 짙게 배어 있다. 그러나 "밤이 깊이 갈수록 촉광이 밝고/ 촉광이 밝을수록/ 아내의 눈가에 잔주름이/ 더 많아진다"는 부분에는 어두운 시간에 아내의 존재가 더 크게 살아나지만, 그 아내의 존재는 늘어나는 "눈가에 잔주름"이라는 지난 시간에 대한 아쉬움이 나타난다. 이런 점에서 시인의 시간에 대한 인식은 과거 지향적이라 할 수 있다. 아내의 눈가 주름 저편에 지워진 젊은 시절의 안타까움이 이 시에 깊이 응어리져 있는 것이다.

황금찬의 시는 '시간'과 아울러서 '문'에 대한 관심이 눈에 띈다.

기울어지는 시각
싸늘한 거리에 비가 내린다.

운명처럼 마련된 내 생존의 길 앞에
모든 문들은 잠기어 있다.

이제는 어쩔 수 없는
이 절박한 지대에서
나는 몸부림을 치며 문을 두드린다.

그러나 문은 열리지 않고
가슴에 박히는 수없는 상처
이것은 너무 심한 장난 같다.

사람은 평생을 두고
열리지 않는 문 앞에서
門을 두드리다 가는 것인가 보다.

  … 중략 …

천 대를 두고 다시 만 년을
이 문 앞에서 비를 맞으며
울다 간 사람들―

나도 여기 서서 울고 있다.
                  ―「문」 부분

　황금찬 시인의 시에서 '문'은 시간과 관련을 맺는 경우
가 많다. 앞의 시 「밤 10시 30분」에서도 "문을 닫을 시각
이다"는 부분에 시간과 문이 함께 놓여져 있다. 또한 그
시간들이 소멸의 의미를 띠고 있듯이, 문도 단절을 암시
하는 경우가 많다. 그러기에 이 시에서도 "기울어지는 시
각"이며 "모든 문들은 잠기어 있"는 것이다. 문은 길과 연
관성을 갖고 있기도 하다. "운명처럼 마련된 내 생존의
길"이라는 표현이 그것을 암시해준다. 시인은 "이제는 어

쩔 수 없는/ 이 절박한 지대에서/ 나는 몸부림을 치며 문을 두드린다"고 했다. "그러나 문은 열리지 않고/ 가슴에 박히는 수 없는 상처"만 남는다. 어쩌면 "사람은 평생을 두고/ 열리지 않는 문 앞에서/ 門을 두드리다 가는 것인가"라고 시인은 자문해 보는 것이다. 우리 인생은 하나의 완성의 개념이 아니라, 과정의 개념으로밖에는 볼 수 없는 것이다. 이런 상황은 시인에게만 주어지는 것이 아니라 인간들 모두에게 함께 주어진다. 그러기에 시인은 "천 대를 두고 다시 만 년을/ 이 문 앞에서 비를 맞으며/ 울다 간 사람들"이라고 표현한다. 시인의 표현처럼 인간들의 삶은 어디에서나 그 한계성을 나타낸다. 이 점에서 황금찬 시인의 생에 대한 인식은 다소 비관적이라 할 수 있다.

황금찬의 시는 '꽃'을 통해서 생명과 죽음의 문제를 인식한다고 할 수 있다.

바람에 휘날려 떨어진
꽃잎들을
손바닥으로 받들어
한곳에 모아놓고
흙으로 묻었다.

사랑의 별 무덤처럼
조고만 무덤이 하나
뜰 앞에 이루어졌다.

그 무덤 앞에
돌을 깎아 하얗게 깔고
묘비를 세운다.

검은 글씨로
이곳엔 꽃잎들이
잠들어 있는 집(이라고 썼다.)

아침 또 저녁으로
그 비문을 읽는다.
그런데 저녁 때면 언제나
같은 글자를 읽을 수가 없다.
글자 위에 덮이는
검은 달빛—.

　　　　　　— 「꽃잎 무덤」 전문

　황금찬 시인의 시적 바탕에는 작고 여린 생명에 대한
애정이 서리어 있다. 시인으로서 생명에 대한 애정이 없
을 수 없겠으나, '꽃잎무덤'을 만들어 주는 애정의 마음은
실로 눈시울을 붉히게 한다. 그는 "바람에 휘날려 떨어진/
꽃잎들"도 그냥 방치하지 않는다. "손바닥으로 받들어/ 한
곳에 모아놓고/ 흙으로 묻"어주는 그의 마음은 너무나 따
뜻하다. 그리하여 시인은 "사랑의 별 무덤처럼/ 조그만 무
덤" 하나를 만든다. 그리고 "그 무덤 앞에/ 돌을 깎아 하
얗게 깔고/ 묘비를 세운다". 또한 "검은 글씨로/ 이곳엔 꽃
잎들이/ 잠들어 있는 집"이라고 말하기도 한다. 시인은 여
기에 그치지 않고 매일 "아침 저녁으로/ 그 비문을 읽는
다". 그리고 "저녁 때면 언제나/ 같은 글자를 읽을 수가
없다"고 하였다. 그것은 다름 아니라, "글자 위에 덮이는/
검은 달빛" 때문이다. 달빛은 희미한 음영으로 인하여 화
려한 생의 빛을 띠지 못하고, 소멸의 이미지인 꽃잎을 감

싸는 것이다.

　그러기에 황금찬 시인의 시에서 꽃은 죽음까지를 감싸 안는 의미로 나타난다. 이러한 꽃의 이미지는 시 「꽃집」에서도 나타난다. 시인은 꽃집에 들러 붉은 카네이션 몇 대를 사들고 병 문안을 간다. 그리고 "이제 곧 나을 겁니다./ 카네이션의 향기는 약입니다"라는 말을 남기고 돌아오다가 그 꽃집 안에 또 많은 꽃들이 누군가의 문병에 동행하기 위해서 기다리는 상황을 목격한다. 시인은 생과 죽음의 일상을 이렇듯 담담하게 바라보고 있는 것이다.

　황금찬은 또한 '나비'를 통해서 순수성과 잃어버린 세계에 대한 관심을 표출하고 있다.

　　　찢어진 두 날개를
　　　하늘로 접고
　　　씀바귀꽃에 앉아 있다.

　　　　… 중략 …

　　　나비는 지나간 젊은 날을 꿈꾼다.
　　　감격했던 장면이 보이면
　　　지금을 잊고
　　　공중으로 솟아오른다.

　　　그러나
　　　하늘에 눈이 시리고 숨이 차서
　　　도로 그 자리에 내려앉고 만다.

　　　꿈은 꽃밭으로 이어가지만
　　　오늘의 나비는

갈 곳이 없다.

내일을 믿지 않는 나비는
길게 한숨을 쉬어 본다.
　　　　　　　　　　　—「꿈꾸는 나비」 부분

　이 시는 '나비'를 매개로 하여 순수의 표상과 순수성을
상실해 가는 현대사회를 표출하고 있다. 이 시의 계절적인
상황은 '늦가을'로, 나비가 살아가기에는 적절치 않은 시간
이다. 따라서 나비는 "찢어진 두 날개를" 접고 있으며, "나
비는 지나간 젊은 날을 꿈꾼다." "꿈은 꽃밭으로 이어가지
만/ 오늘의 나비는/ 갈 곳이 없다." 시인에게 나비는 "내일
을 믿지 않는" 존재이다. 계절의 순환성에 반하여 나비는
유한한 존재로서 꿈과 현실 사이의 괴리감을 경험하고 있
다. 이 시의 '꿈꾸는 나비'란 바로 꿈과 현실과 이상 사이
에서 갈등하는 우리 인간들을 의미하는 것이다.
　이와 함께 나비란 문명 속에서 시달리는 생명의 안타까
움을 의미하기도 한다. 「고속버스 안의 나비」는 시인이
고속버스 안에 날아든 나비와 함께 고속버스를 타고 갔던
체험을 토대로 하고 있다. 그 나비는 "휴게소에서/ 문을
열어놓았을 때/ 날아들어온" 나비로서 "버스는 창을 닫고/
시속 120킬로의/ 고속으로 달리기 시작한다." 이미 시인과
나비는 똑같은 상황에 놓여 있는 것이다. 그리하여 시인
은 "나는 언제부터/ 시간이라는 이름의 버스를 타고/ 가속
으로/ 종점을 향해 가고 있는 것일까" 하고 자문해 본다.
그것은 현대 문명 속에서 삶의 종점으로 치닫고 있는 우
리의 생을 압축해서 보여주는 물음일 것이다. 나비 한 마

리가 고속버스 안에 들어옴으로써 속도만을 추구하며 살아가는 현대문명, 거기에 순응하며 사는 시인 자신에 대한 비판적 의미가 실려 있는 것이다.

이상으로 『밤 10시 30분』에 비중 있게 나타난 몇 가지 소재를 중심으로 그의 시를 소박하게 살펴보았다. 황금찬 시인이 그 동안 보여주었던 시 세계는 서정의 세계이면서 적절하게 절제된 세계였다. 서정성이 감싸안는 대상을 정감 어린 언어로 표출하여 따뜻하고 깊이 있는 시심을 펼쳐 주었다. 그 점에서 그의 시는 두터운 독자층을 형성하고 있다고 할 수 있다. 한 시인이 그가 일궈낸 시 세계를 통해서 독자들과 폭넓게 만난다는 것은 매우 행복한 일이 아닐 수 없다. 이 점에서 황금찬 시인의 시 세계는 한국 현대 시사에서 충분한 몫을 차지하고 있으며 또한 문학을 하려는 젊은 시인들에게도 관심의 대상이 충분하다고 하겠다.

푸른시선 1

● 밤 10시 30분

초판인쇄	2001년 2월 1일
초판발행	2001년 2월 10일

지 은 이	황금찬
펴 낸 이	한봉숙
편 집 인	김현정
펴 낸 곳	푸른사상사

출판등록	제2-2876호
주 소	100-192 서울시 중구 을지로2가 148-37 삼오빌딩 3층
전 화	02) 2268-8706 - 8707
팩시밀리	02) 2268-8708
이 메 일	prun21c@yahoo.co.kr / prun21c@hanmail.net

ⓒ황금찬 2001